dtv

Was passiert, wenn der Wind seine Hosen anzieht? Weshalb träumt der Fichtenbaum von der Palme? Warum ist die Sonne in den Schmetterling, der Schmetterling aber in die Rose verliebt? Wann wird die Fliege den Käfer heiraten? Was versprach König Langohr I. seinen Mit-Eseln nach der Wahl? Und was passierte in Berlin, als Heinrich Heine träumte, er sei der liebe Gott?

Die Antwort auf diese und viele weitere noch nie gestellte Fragen geben vier mal sieben Gedichte von Heinrich Heine. Ob selbst gelesen oder vorgelesen: Begleitet von vielen köstlichen Illustrationen machen diese phantastischen Verse und lustigen Reime nicht nur Kindern Freude, sondern allen, die einen Sinn haben für fröhlichen Übermut, für Scherz, Satire und tiefgründigen Humor von Deutschlands witzigstem Klassiker.

Heinrich Heine für Große und Kleine

Mit Bildern von
Reinhard Michl

Herausgegeben von
Jan-Christoph Hauschild

Deutscher Taschenbuch Verlag

Von Heinrich Heine
sind im Deutschen Taschenbuch Verlag erschienen:
Buch der Lieder (2614)
Deutschland. Ein Wintermärchen (2632 und 2679)
Und grüß mich nicht unter den Linden (13088)

Neuausgabe 2013
Veröffentlicht 2005 im
Deutschen Taschenbuch Verlag GmbH & Co. KG,
München

Umschlagkonzept: Balk & Brumshagen
Umschlagbild: © Reinhard Michl
Satz: Greiner & Reichel, Köln
Druck und Bindung: Pustet, Regensburg
Gedruckt auf säurefreiem, chlorfrei gebleichtem Papier
Printed in Germany · ISBN 978-3-423-28014-3

Inhalt

Die Philister, die Beschränkten,
Diese geistig Eingeengten,
Darf man nie und nimmer necken.
Aber weite, kluge Herzen
Wissen stets in unsren Scherzen
Lieb und Freundschaft zu entdecken.

I.
Der Wind zieht seine Hosen an

Der Wind zieht seine Hosen an,
Die weißen Wasserhosen!
Er peitscht die Wellen so stark er kann,
Die heulen und brausen und tosen.

Aus dunkler Höh, mit wilder Macht,
Die Regengüsse träufen;
Es ist als wollt die alte Nacht
Das alte Meer ersäufen.

An den Mastbaum klammert die Möwe sich
Mit heiserem Schrillen und Schreien;
Sie flattert und will gar ängstiglich
Ein Unglück prophezeien.

Das Fräulein stand am Meere
Und seufzte lang und bang,
Es rührte sie so sehre
Der Sonnenuntergang.

Mein Fräulein! sein Sie munter,
Das ist ein altes Stück;
Hier vorne geht sie unter
Und kehrt von hinten zurück.

Kluge Sterne

Die Blumen erreicht der Fuß so leicht,
Auch werden zertreten die meisten;
Man geht vorbei und tritt entzwei
Die blöden wie die dreisten.

Die Perlen ruhn in Meeresruhn,
Doch weiß man sie aufzuspüren;
Man bohrt ein Loch und spannt sie ins Joch,
Ins Joch von seidenen Schnüren.

Die Sterne sind klug, sie halten mit Fug
Von unserer Erde sich ferne;
Am Himmelszelt, als Lichter der Welt,
Stehn ewig sicher die Sterne.

Der Schmetterling ist in die Rose verliebt,
Umflattert sie tausendmal,
Ihn selber aber goldig zart,
Umflattert der liebende Sonnenstrahl.

Jedoch, in wen ist die Rose verliebt?
Das wüßt ich gar zu gern.
Ist es die singende Nachtigall?
Ist es der schweigende Abendstern?

Ich weiß nicht, in wen die Rose verliebt;
Ich aber lieb euch all:
Rose, Schmetterling, Sonnenstrahl,
Abendstern und Nachtigall.

Leise zieht durch mein Gemüt
Liebliches Geläute.
Klinge, kleines Frühlingslied,
Kling hinaus ins Weite.

Kling hinaus, bis an das Haus,
Wo die Blumen sprießen.
Wenn du eine Rose schaust,
Sag ich laß sie grüßen.

Ein Fichtenbaum steht einsam
Im Norden auf kahler Höh.
Ihn schläfert; mit weißer Decke
Umhüllen ihn Eis und Schnee.

Er träumt von einer Palme,
Die, fern im Morgenland,
Einsam und schweigend trauert
Auf brennender Felsenwand.

Altes Kaminstück

Draußen ziehen weiße Flocken
Durch die Nacht, der Sturm ist laut;
Hier im Stübchen ist es trocken,
Warm und einsam, stillvertraut.

Sinnend sitz ich auf dem Sessel,
An dem knisternden Kamin,
Kochend summt der Wasserkessel
Längst verklungne Melodien.

Und ein Kätzchen sitzt daneben,
Wärmt die Pfötchen an der Glut;
Und die Flammen schweben, weben,
Wundersam wird mir zu Mut.

Dämmernd kommt heraufgestiegen
Manche längst vergeßne Zeit,
Wie mit bunten Maskenzügen
Und verblichner Herrlichkeit.

Schöne Fraun mit kluger Miene,
Winken süßgeheimnisvoll,
Und dazwischen Harlekine
Springen, lachen, lustigtoll.

Ferne grüßen Marmorgötter,
Traumhaft neben ihnen stehn
Märchenblumen, deren Blätter
In dem Mondenlichte wehn.

Wackelnd kommt herbeigeschwommen
Manches alte Zauberschloß;
Hintendrein geritten kommen
Blanke Ritter, Knappentroß.

Und das alles zieht vorüber,
Schattenhastig übereilt –
Ach! da kocht der Kessel über,
Und das nasse Kätzchen heult.

II.
In einem Pißpott kam er geschwommen

Die Hexe

Lieben Nachbarn, mit Vergunst!
Eine Hex, durch Zauberkunst,
Kann sich in ein Tier verwandeln,
Um die Menschen zu mißhandeln.

Eure Katz ist meine Frau;
Ich erkenne sie genau
Am Geruch, am Glanz der Augen,
Spinnen, Schnurren, Pfötchensaugen …

Der Nachbar und die Nachbarin,
Sie riefen: Jürgen, nimm sie hin!
Der Hofhund bellt: wau! wau!
Die Katze schreit: miau!

Der tugendhafte Hund

Ein Pudel, der mit gutem Fug
Den schönen Namen Brutus trug,
War vielberühmt im ganzen Land
Ob seiner Tugend und seinem Verstand.
Er war ein Muster der Sittlichkeit,
Der Langmut und Bescheidenheit.
Man hörte ihn loben, man hörte ihn preisen,
Als einen vierfüßigen Nathan den Weisen.

Er war ein wahres Hundejuwel!
So ehrlich und treu! eine schöne Seel!
Auch schenkte sein Herr in allen Stücken
Ihm volles Vertrauen, er konnte ihn schicken
Sogar zum Fleischer. Der edle Hund
Trug dann einen Hängekorb im Mund,
Worin der Metzger das schöngehackte
Rindfleisch, Schaffleisch, auch Schweinefleisch packte –
Wie lieblich und lockend das Fett gerochen,

Der Brutus berührte keinen Knochen,
Und ruhig und sicher, mit stoischer Würde,
Trug er nach Hause die kostbare Bürde.

Doch unter den Hunden wird gefunden
Auch eine Menge von Lumpenhunden –
Wie unter uns – gemeine Köter,
Tagdiebe, Neidharde, Schwerenöter,
Die ohne Sinn für sittliche Freuden
Im Sinnenrausch ihr Leben vergeuden!
Verschworen hatten sich solche Racker
Gegen den Brutus, der treu und wacker,
Mit seinem Korb im Maule nicht
Gewichen von dem Pfad der Pflicht –

Und eines Tages als er kam
Vom Fleischer und seinen Rückweg nahm
Nach Hause, da ward er plötzlich von allen
Verschworenen Bestien überfallen;

Da ward ihm der Korb mit dem Fleisch entrissen,
Da fielen zu Boden die leckersten Bissen,
Und fraßbegierig über die Beute
Warf sich die ganze hungrige Meute –
Brutus sah anfangs dem Schauspiel zu,
Mit philosophischer Seelenruh,
Doch als er sah, daß solchermaßen
Sämtliche Hunde schmausten und fraßen,
Da nahm er auch an der Mahlzeit Teil
Und speiste selbst eine Schöpsenkeul –

Moral
Auch du, mein Brutus, auch du, du frißt?
So ruft wehmütig der Moralist.
Ja, böses Beispiel kann verführen;
Und ach! gleich allen Säugetieren,
Nicht ganz und gar vollkommen ist
Der tugendhafte Hund – er frißt!

Die Lehre

Mutter zum Bienelein:
»Hüt dich vor Kerzenschein!«
Doch was die Mutter spricht,
Bienelein achtet nicht;

Schwirret ums Licht herum,
Schwirret mit Sum-sum-sum,
Hört nicht die Mutter schrein:
»Bienelein! Bienelein!«

Junges Blut, tolles Blut,
Treibt in die Flammenglut,
Treibt in die Flamm hinein, –
»Bienelein! Bienelein!«

's flackert nun lichterrot,
Flamme gab Flammentod; –
Hüt dich vor Mägdelein,
Söhnelein! Söhnelein!

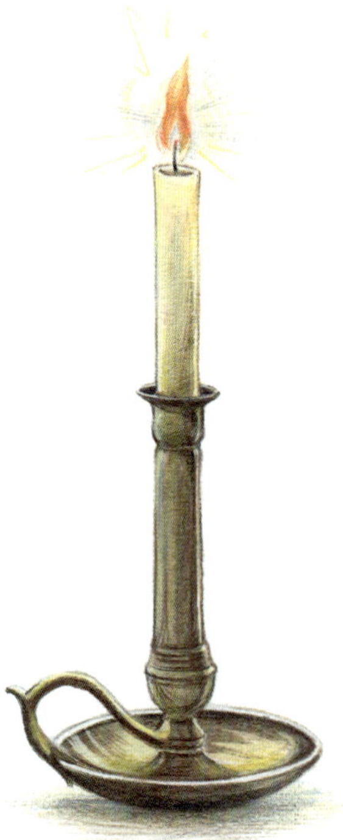

Die Launen der Verliebten.

*(Eine wahre Geschichte, nach ältern Dokumenten wiedererzählt
und aufs neue in schöne deutsche Reime gebracht.)*

Der Käfer saß auf dem Zaun, betrübt;
Er hat sich in eine Fliege verliebt.

Du bist, o Fliege meiner Seele,
Die Gattin, die ich auserwähle.

Heirate mich und sei mir hold!
Ich hab einen Bauch von eitel Gold.

Mein Rücken ist eine wahre Pracht;
Da flammt der Rubin, da glänzt der Smaragd.

O daß ich eine Närrin wär!
Ein'n Käfer nehm ich nimmermehr.

Mich lockt nicht Gold, Rubin und Smaragd;
Ich weiß, daß Reichtum nicht glücklich macht.

Nach Idealen schwärmt mein Sinn,
Weil ich eine stolze Fliege bin. –

Der Käfer flog fort mit großem Grämen;
Die Fliege ging ein Bad zu nehmen.

Wo ist denn meine Magd die Biene,
Daß sie beim Waschen mich bediene;

Daß sie mir streichle die feine Haut,
Denn ich bin eines Käfers Braut.

Wahrhaftig, ich mach eine große Partie;
Viel schöneren Käfer gab es nie.

Sein Rücken ist eine wahre Pracht;
Da flammt der Rubin, da glänzt der Smaragd.

Sein Bauch ist gülden, hat noble Züge;
Vor Neid wird bersten gar manche
Schmeißfliege.

Spute dich, Bienchen, und frisier mich,
Und schnüre die Taille und parfümier mich;

Reib mich mit Rosenessenzen, und gieße
Lavendelöl auf meine Füße,

Damit ich gar nicht stinken tu,
Wenn ich in des Bräut'gams Armen ruh.

Schon flirren heran die blauen Libellen,
Und huldigen mir als Ehrenmamsellen.

Sie winden mir in den Jungfernkranz
Die weiße Blüte der Pomeranz.

Viel Musikanten sind eingeladen,
Auch Sängerinnen, vornehme Zikaden.

Rohrdommel und Hornitß, Bremse und
Hummel,
Sie sollen trompeten und schlagen die
Trummel;

Sie sollen aufspielen zum Hochzeitfest –
Schon kommen die bunt beflügelten Gäst,

Schon kommt die Familie, geputzt und
munter;
Gemeine Insekten sind viele darunter.

Heuschrecken und Wespen, Muhmen und
Basen,
Sie kommen heran – Die Trompeten blasen.

Der Pastor Maulwurf im schwarzen Ornat,
Da kommt er gleichfalls – es ist schon spat.

Die Glocken läuten, bim-bam, bim-bam –
Wo bleibt mein liebster Bräutigam? – –

Bim-bam, bim-bam, klingt Glockengeläute,
Der Bräut'gam aber flog fort ins Weite.

Die Glocken läuten, bim-bam, bim-bam –
Wo bleibt mein liebster Bräutigam?

Der Bräutigam hat unterdessen
Auf einem fernen Misthaufen gesessen.

Dort blieb er sitzen sieben Jahr,
Bis daß die Braut verfaulet war.

Kleines Volk

In einem Pißpott kam er geschwommen,
Hochzeitlich geputzt, hinab den Rhein.
Und als er nach Rotterdam gekommen,
Da sprach er: »Juffräuken, willst du mich frein?

Ich führe dich, geliebte Schöne,
Nach meinem Schloß, ins Brautgemach;
Die Wände sind eitel Hobelspäne,
Aus Häckerling besteht das Dach.

Da ist es so puppenniedlich und nette,
Da lebst du wie eine Königin!
Die Schale der Walnuß ist unser Bette,
Von Spinnweb sind die Laken drin.

Ameisen-Eier gebraten in Butter
Essen wir täglich, auch Würmchengemüs,
Und später erb ich von meiner Frau Mutter
Drei Nonnenfürzchen, die schmecken so süß.

Ich habe Speck, ich habe Schwarten,
Ich habe Fingerhüte voll Wein,
Auch wächst eine Rübe in meinem Garten,
Du wirst wahrhaftig glücklich sein!«

Das war ein Locken und ein Werben!
Wohl seufzte die Braut: ach Gott! ach Gott!
Sie war wehmütig wie zum Sterben –
Doch endlich stieg sie hinab in den Pott.

Sind Christenleute oder Mäuse
Die Helden des Lieds? Ich weiß es nicht mehr.
Im Beverland hört ich die schnurrige Weise,
Es sind nun dreißig Jahre her.

Duelle

Zwei Ochsen disputierten sich
Auf einem Hofe fürchterlich.
Sie waren beide zornigen Blutes
Und in der Hitze des Disputes
Hat einer von ihnen, zornentbrannt
Den andern einen Esel genannt.
Da Esel ein Tusch ist bei den Ochsen
So mußten die beiden John Bulle sich boxen.

Auf selbigem Hofe zu selbiger Zeit
Gerieten auch zwei Esel in Streit,
Und heftig stritten die beiden Langohren
Bis einer so sehr die Geduld verloren
Daß er ein wildes I-A ausstieß
Und den andern einen Ochsen hieß.
Ihr wißt, ein Esel fühlt sich tuschiert
Wenn man ihn Ochse tituliert.
Ein Zweikampf, die beiden stießen
Sich mit den Köpfen, mit den Füßen

Gaben sich manchen Tritt in den Podex
Wie es gebietet der Ehre Kodex.

Und die Moral? Ich glaub es gibt Fälle
Wo unvermeidlich sind die Duelle;
Es muß sich schlagen der Student
Den man einen dummen Jungen nennt.

König Langohr I.

Bei der Königswahl, wie sich versteht,
Hatten die Esel die Majorität,
Und es wurde ein Esel zum König gewählt.
Doch hört, was jetzt die Chronik erzählt:
Der gekrönte Esel bildete sich
Jetzt ein, daß er einem Löwen glich;
Er hing sich um eine Löwenhaut,
Und brüllte wie ein Löwe so laut.
Er pflegte Umgang nur mit Rossen –
Das hat die alten Esel verdrossen.
Bulldoggen und Wölfe waren sein Heer,
Drob murrten die Esel noch viel mehr.
Doch als er den Ochsen zum Kanzler
erhoben,
Vor Wut die Esel rasten und schnoben.
Sie drohten sogar mit Revolution!
Der König erfuhr es und stülpte die Kron
Sich schnell aufs Haupt, und wickelte schnell
Sich in sein mutiges Löwenfell.

Dann ließ er vor seines Thrones Stufen
Die malkontenten Esel rufen,
Und hat die folgende Rede gehalten:

Hochmögende Esel, ihr jungen und alten!
Ihr glaubt daß ich ein Esel sei
Wie ihr, ihr irrt euch, ich bin ein Leu;
Das sagt mir jeder an meinem Hofe,
Von der Edeldame bis zur Zofe.
Mein Hofpoet hat ein Gedicht
Auf mich gemacht, worin er spricht:
»Wie angeboren dem Kamele
Der Buckel ist, ist deiner Seele
Die Großmut des Löwen angeboren –
Es hat dein Herz keine langen Ohren!«
So singt er in seiner schönsten Strophe,
Die jeder bewundert an meinem Hofe.
Hier bin ich geliebt; die stolzesten Pfauen
Wetteifern, mein königlich Haupt zu krauen.

Die Künste beschütz ich; man muß gestehn,
Ich bin zugleich August und Mäzen.
Ich habe ein schönes Hoftheater;
Die Heldenrollen spielt ein Kater.
Die Mimin Mimi, die holde Puppe,
Und zwanzig Möpse bilden die Truppe.
Ich hab eine Maler-Akademie
Gestiftet für Affen von Genie.
Als ihren Direktor hab ich in Petto,
Den Raffael des Hamburger Ghetto,
Lehmann vom Dreckwall, zu engagieren;
Er soll mich auch selber porträtieren.
Ich hab eine Oper, ich hab ein Ballett,
Wo halb entkleidet und ganz kokett
Gar allerliebste Vögel singen
Wo höchst talentvolle Flöhe springen.
Kapellenmeister ist Meyer-Bär,
Der musikalische Millionär;
Jetzt schreibt der große Bären-Meyer

Ein Festpiel zu meiner Vermählungsfeier.
Ich selber übe die Tonkunst ein wenig,
Wie Friedrich der Große, der Preußenkönig.
Er blies die Flöte, ich schlage die Laute,

Und manches schöne Auge schaute
Sehnsüchtig mich an, wenn ich mit Gefühl
Geklimpert auf meinem Saitenspiel.
Mit Freude wird einst die Königin
Entdecken, wie musikalisch ich bin!
Sie selbst ist eine vollkommene Stute
Von hoher Geburt, vom reinsten Blute.
Sie ist eine nahe Anverwandte
Von Don Quixotes Rosinante;
Ihr Stammbaum bezeugt, daß sie nicht minder
Verwandt mit dem Bayard der Heymonskinder;
Sie zählt auch unter ihren Ahnen
Gar manchen Hengst, der unter den Fahnen
Gottfrieds von Bouillon gewiehert hat,
Als dieser erobert die heilige Stadt.
Vor allem aber durch ihre Schöne
Glänzt sie! Wenn sie schüttelt die Mähne,
Und wenn sie schnaubt mit den rosigen
Nüstern,

Jauchzt auf mein Herz, entzückt und lüstern –
Sie ist die Blume und Krone der Mähren,
Und wird mir einen Kronerben bescheren.
Ihr seht, verknüpft mit dieser Verbindung
Ist meiner Dynastie Begründung.
Mein Name wird nicht untergehn,
Wird ewig in Klios Annalen bestehn.
Die hohe Göttin wird von mir sagen,
Daß ich ein Löwenherz getragen
In meiner Brust, daß ich weise und klug
Regiert, und auch die Laute schlug.

Hier rülpste der König, doch unterbrach er
Nicht lange die Rede und weiter sprach er:
Hochmögende Esel, ihr jungen und alten!
Ich werd euch meine Gunst erhalten,

So lang ihr derselben würdig seid.
Zahlt eure Steuern zur rechten Zeit

Und wandelt stets der Tugend Bahn,
Wie weiland eure Väter getan,
Die alten Esel! Sie trugen zur Mühle
Geduldig die Säcke; denn ihre Gefühle,
Sie wurzelten tief in der Religion,
Sie wußten nichts von Revolution –
Kein Murren entschlüpfte der dicken Lippe,
Und an der Gewohnheit frommen Krippe
Fraßen sie friedlich ihr tägliches Heu!
Die alte Zeit, sie ist vorbei.
Ihr neueren Esel seid Esel geblieben,
Doch ohne Bescheidenheit zu üben.
Ihr wedelt kümmerlich mit dem Schwanz,
Doch drunter lauert die Arroganz.
Ob eurer albernen Miene hält
Für ehrliche Esel Euch die Welt;
Ihr seid unehrlich und boshaft dabei,
Trotz eurer demütigen Eselei.
Steckt man euch Pfeffer in den Steiß,

Sogleich erhebt ihr des Eselgeschreis
Entsetzliche Laute! Ihr möchtet zerfleischen
Die ganze Welt, und könnt nur kreischen.
Unsinniger Jähzorn, der alles vergißt!
Ohnmächtige Wut, die lächerlich ist!
Eur dummes Gebreie, es offenbart
Wie viele Tücken jeder Art,
Wie ganz gemeine Schlechtigkeit
Und blöde Niederträchtigkeit
Und Gift und Galle und Arglist sogar
In der Eselshaut verborgen war.

Hier rülpste der König, doch unterbrach er
Nicht lange die Rede und weiter sprach er:
Hochmögende Esel, ihr jungen und alten!
Ihr seht, ich kenne euch! Ungehalten,
Ganz allerhöchst ungehalten bin ich,
Daß ihr so schamlos-widersinnig
Verunglimpft habt mein Regiment.

Auf eurem Eselsstandpunkt könnt
Ihr nicht die großen Löwen-Ideen
Von meiner Politik verstehen.
Nehmt euch in Acht! In meinem Reiche
Wächst manche Buche und manche Eiche,
Woraus man die schönsten Galgen zimmert,

Auch gute Stöcke. Ich rat euch, bekümmert
Euch nicht ob meinem Schalten und Walten!
Ich rat euch, ganz das Maul zu halten!
Die Raisoneure, die frechen Sünder,
Die laß ich öffentlich stäupen vom Schinder;
Sie sollen im Zuchthaus Wolle kratzen.
Wird einer gar von Aufruhr schwatzen,
Und Straßen entpflastern zur Barrikade –
Ich laß ihn henken ohne Gnade.
Das hab ich euch, Esel, einschärfen wollen!
Jetzt könnt ihr euch nach Hause trollen.

Als diese Rede der König gehalten,
Da jauchzten die Esel, die jungen und alten;
Sie riefen einstimmig: I-A! I-A!
Es lebe der König! Hurra! Hurra!

III.
Ich weiß nicht, was soll es bedeuten

Ich weiß nicht, was soll es bedeuten,
Daß ich so traurig bin;
Ein Märchen aus alten Zeiten,
Das kommt mir nicht aus dem Sinn.

Die Luft ist kühl und es dunkelt,
Und ruhig fließt der Rhein;
Der Gipfel des Berges funkelt
Im Abendsonnenschein.

Die schönste Jungfrau sitzet
Dort oben wunderbar;
Ihr goldnes Geschmeide blitzet,
Sie kämmt ihr goldenes Haar.

Sie kämmt es mit goldenem Kamme,
Und singt ein Lied dabei;
Das hat eine wundersame,
Gewaltige Melodei.

Den Schiffer im kleinen Schiffe
Ergreift es mit wildem Weh;
Er schaut nicht die Felsenriffe,
Er schaut nur hinauf in die Höh.

Ich glaube, die Wellen verschlingen
Am Ende Schiffer und Kahn;
Und das hat mit ihrem Singen
Die Lore-Ley getan.

Den König Wiswamitra,
Den treibts ohne Rast und Ruh,
Er will durch Kampf und Büßung
Erwerben Wasischtas Kuh.

O, König Wiswamitra,
O, welch ein Ochs bist du,
Daß du so viel kämpfest und büßest,
Und alles für eine Kuh!

Belsatzar

Die Mitternacht zog näher schon;
In stummer Ruh lag Babylon.

Nur oben in des Königs Schloß,
Da flackerts, da lärmt des Königs Troß.

Dort oben in dem Königssaal,
Belsatzar hielt sein Königsmahl.

Die Knechte saßen in schimmernden Reihn,
Und leerten die Becher mit funkelndem Wein.

Es klirrten die Becher, es jauchzten die Knecht;
So klang es dem störrigen Könige recht.

Des Königs Wangen leuchten Glut;
Im Wein erwuchs ihm kecker Mut.

Und blindlings reißt der Mut ihn fort;
Und er lästert die Gottheit mit sündigem Wort.

Und er brüstet sich frech, und lästert wild;
Der Knechtenschar ihm Beifall brüllt.

Der König rief mit stolzem Blick;
Der Diener eilt und kehrt zurück.

Er trug viel gülden Gerät auf dem Haupt;
Das war aus dem Tempel Jehovas geraubt.

Und der König ergriff mit frevler Hand
Einen heiligen Becher, gefüllt bis am Rand.

Und er leert ihn hastig bis auf den Grund,
Und rufet laut mit schäumendem Mund:

Jehovah! dir künd ich auf ewig Hohn, –
Ich bin der König von Babylon!

Doch kaum das grause Wort verklang,
Dem König wards heimlich im Busen bang.

Das gellende Lachen verstummte zumal;
Es wurde leichenstill im Saal.

Und sieh! und sieh! an weißer Wand
Da kams hervor wie Menschenhand;

Und schrieb, und schrieb an weißer Wand
Buchstaben von Feuer, und schrieb und
schwand.

Der König stieren Blicks da saß,
Mit schlotternden Knien und totenblaß.

Die Knechtenschar saß kalt durchgraut,
Und saß gar still, gab keinen Laut.

Die Magier kamen, doch keiner verstand
Zu deuten die Flammenschrift an der Wand.

Belsatzar ward aber in selbiger Nacht
Von seinen Knechten umgebracht.

Es war ein alter König,
Sein Herz war schwer, sein Haupt war grau;
Der arme alte König,
Er nahm eine junge Frau.

Es war ein schöner Page,
Blond war sein Haupt, leicht war sein Sinn;
Er trug die seidne Schleppe
Der jungen Königin.

Kennst du das alte Liedchen?
Es klingt so süß, es klingt so trüb!
Sie mußten beide sterben,
Sie hatten sich viel zu lieb.

Die heilgen drei Könige aus Morgenland,
Sie frugen in jedem Städtchen:
Wo geht der Weg nach Bethlehem,
Ihr lieben Buben und Mädchen?

Die Jungen und Alten, sie wußten es nicht,
Die Könige zogen weiter;
Sie folgten einem goldenen Stern,
Der leuchtete lieblich und heiter.

Der Stern blieb stehn über Josephs Haus,
Da sind sie hineingegangen;
Das Öchslein brüllte, das Kindlein schrie,
Die heilgen drei Könige sangen.

Schöpfungslieder

I.

Im Beginn schuf Gott die Sonne,
Dann die nächtlichen Gestirne;
Hierauf schuf er auch die Ochsen,
Aus dem Schweiße seiner Stirne.

Später schuf er wilde Bestien,
Löwen mit den grimmen Tatzen;
Nach des Löwen Ebenbilde
Schuf er hübsche kleine Katzen.

Zur Bevölkerung der Wildnis
Ward hernach der Mensch erschaffen;
Nach des Menschen holdem Bildnis
Schuf er intressante Affen.

Satan sah dem zu und lachte;
Ei, der Herr kopiert sich selber!
Nach dem Bilde seiner Ochsen
Macht er noch am Ende Kälber!

II.

Und der Gott sprach zu dem Teufel:
Ich der Herr kopier mich selber,
Nach der Sonne mach ich Sterne,
Nach den Ochsen mach ich Kälber,
Nach den Löwen mit den Tatzen
Mach ich kleine liebe Katzen,
Nach den Menschen mach ich Affen;
Aber du kannst gar nichts schaffen.

Mir träumt': ich bin der liebe Gott,
Und sitz im Himmel droben,
Und Englein sitzen um mich her,
Die meine Verse loben.

Und Kuchen eß ich und Konfekt
Für manchen lieben Gulden,
Und Kardinal trink ich dabei,
Und habe keine Schulden.

Doch Langeweile plagt mich sehr,
Ich wollt, ich wär auf Erden,
Und wär ich nicht der liebe Gott,
Ich könnt des Teufels werden.

Du langer Engel Gabriel,
Geh, mach dich auf die Sohlen,
Und meinen teuren Freund Eugen
Sollst du herauf mir holen.

Such ihn nicht im Kollegium,
Such ihn beim Glas Tokaier;
Such ihn nicht in der Hedwigskirch,
Such ihn bei Mamsell Meyer.

Da breitet aus sein Flügelpaar
Und fliegt herab der Engel,
Und packt ihn auf, und bringt herauf
Den Freund, den lieben Bengel.

Ja, Jung, ich bin der liebe Gott,
Und ich regier die Erde!
Ich habs ja immer dir gesagt,
Daß ich was rechts noch werde.

Und Wunder tu ich alle Tag,
Die sollen dich entzücken,
Und dir zum Spaße will ich heut
Die Stadt Berlin beglücken.

Die Pflastersteine auf der Straß,
Die sollen jetzt sich spalten,
Und eine Auster, frisch und klar,
Soll jeder Stein enthalten.

Ein Regen von Zitronensaft
Soll tauig sie begießen,
Und in den Straßengössen soll
Der beste Rheinwein fließen.

Wie freuen die Berliner sich,
Sie gehen schon ans Fressen;
Die Herren von dem Landgericht,
Die saufen aus den Gössen.

Wie freuen die Poeten sich
Bei solchem Götterfraße!
Die Leutnants und die Fähnderichs,
Die lecken ab die Straße.

Die Leutnants und die Fähnderichs,
Das sind die klügsten Leute,
Sie denken, alle Tag geschieht
Kein Wunder so wie heute.

IV.
Mein Kind, wir waren Kinder

Ich wollte meine Lieder
Das wären Blümelein,
Ich schickte sie zum Riechen
Der Herzallerliebsten mein.

Ich wollte meine Lieder,
Das wären Küsse fein,
Ich schickt sie heimlich alle
Nach Liebchens Wängelein.

Ich wollte meine Lieder
Das wären Erbsen klein,
Ich kocht eine Erbsensuppe,
Die sollte köstlich sein.

Daß ich dich liebe, o Möpschen,
Das ist dir wohlbekannt.
Wenn ich mit Zucker dich füttre,
So leckst du mir die Hand.

Du willst auch nur ein Hund sein,
Und willst nicht scheinen mehr;
All meine übrigen Freunde
Verstellen sich zu sehr.

Augen, die nicht ferne blicken
Und auch nicht zur Liebe taugen,
Aber ganz entsetzlich drücken,
Sind des Vetters Hühneraugen.

Anfangs wollt ich fast verzagen,
Und ich glaubt ich trüg es nie,
Und ich hab es doch getragen, –
Aber fragt mich nur nicht, wie?

Wir haben viel für einander gefühlt,
Und dennoch uns gar vortrefflich vertragen.
Wir haben oft »Mann und Frau« gespielt
Und dennoch uns nicht gerauft und geschlagen.
Wir haben zusammen gejauchzt und gescherzt,
Und zärtlich uns geküßt und geherzt.
Wir haben am Ende, aus kindischer Lust,
»Verstecken« gespielt in Wäldern und Gründen,
Und haben uns so zu verstecken gewußt,
Daß wir uns nimmermehr wiederfinden.

Herz, mein Herz, sei nicht beklommen,
Und ertrage dein Geschick,
Neuer Frühling gibt zurück,
Was der Winter dir genommen.

Und wie viel ist dir geblieben!
Und wie schön ist noch die Welt!
Und, mein Herz, was dir gefällt,
Alles, alles darfst du lieben!

Mein Kind, wir waren Kinder,
Zwei Kinder, klein und froh;
Wir krochen ins Hühnerhäuschen
Versteckten uns unter das Stroh.

Wir krähten wie die Hähne,
Und kamen Leute vorbei –
Kikereküh! sie glaubten,
Es wäre Hahnengeschrei.

Die Kisten auf unserem Hofe,
Die tapezierten wir aus,
Und wohnten drin beisammen,
Und machten ein vornehmes Haus.

Des Nachbars alte Katze
Kam öfters zum Besuch;
Wir machten ihr Bückling' und Knixe
Und Komplimente genug.

Wir haben nach ihrem Befinden
Besorglich und freundlich gefragt;
Wir haben seitdem dasselbe
Mancher alten Katze gesagt.

Wir saßen auch oft und sprachen
Vernünftig, wie alte Leut,
Und klagten, wie alles besser
Gewesen zu unserer Zeit;

Wie Lieb und Treu und Glauben
Verschwunden aus der Welt,
Und wie so teuer der Kaffee,
Und wie so rar das Geld! – – –

Vorbei sind die Kinderspiele
Und alles rollt vorbei, –
Das Geld und die Welt und die Zeiten,
Und Glauben und Lieb und Treu.

Anhang

Nachwort

Heinrich Heine ist ein Kind der Düsseldorfer Altstadt: Dort in der Bolkerstraße, im Hinterhaus, das zur heutigen Nr. 53 gehörte, wurde er geboren. An welchem Tag, in welchem Jahr das war, wissen wir nicht genau: Heine selbst hat alle Hinweise darauf vernichtet, sogar die Familienbriefe, in denen ihm zum Geburtstag gratuliert wurde. So ist das genaue Datum bis heute ein Geheimnis geblieben. Die Literaturwissenschaftler gehen vom 13. Dezember 1797 aus, aber auch der Jahresbeginn 1798 kommt in Betracht.

Nicht Heinrich, sondern Harry wurde der Junge genannt, nach einem englischen Geschäftspartner des Vaters, und so hieß er bis zur protestantischen Taufe 1825, wo er die Namen Christian Johann Heinrich erhielt.

Harry Heine hatte eine strenge Mutter, der die Hand locker saß, und einen weichen, allerdings auch kranken Vater. Betty Heine, Jahrgang 1771, stammte aus der angesehenen Düsseldorfer Bankiers- und Gelehrtenfamilie van Geldern. Sie hatte eine außergewöhnlich gute, fast gelehrte Ausbildung genossen, und sie war es, die die Erziehung ihrer Kinder nach modernen pädagogischen Prinzipien in die Hand nahm und ihren Lebensplan entwarf.

Samson Heine stammte aus einer strenggläubigen

norddeutschen Kaufmannsfamilie und war 1764 in Hannover geboren. Über Altona und Hamburg kam er 1796 als Armeelieferant nach Düsseldorf. 1797 eröffnete er ein Geschäft mit diversen modischen Textilwaren hauptsächlich englischer Herkunft. Er liebte Pferde und Hunde und militärischen Glanz und Glimmer, hatte eine Schwäche für das Theater und für Schauspielerinnen und obendrein eine unselige Spielleidenschaft. Für seinen Sohn, der seiner stets sehr liebevoll gedachte, verkörperte er Heiterkeit, Liebenswürdigkeit und Lebenslust bis zum Leichtsinn, während die ernste Mutter für Willenskraft, Moral und Disziplin stand.

Die Eltern gehörten der kleinen jüdischen Gemeinde an, die kaum ein Dutzend Familien zählte, weshalb es in Düsseldorf kein ausgesprochenes Judenviertel gab. Ausgrenzungs-Erfahrungen blieben Heine dennoch nicht erspart. In seinen Lebenserinnerungen schilderte er an zwei Beispielen, wie entsprechende Hänseleien und Quälereien ihm seine ganze Jugend »vergällt und vergiftet« hätten: Das Bekenntnis, wonach sein Großvater »ein kleiner Jude mit einem großen Bart« gewesen sei – so hatte es ihm sein Vater am Vortag mürrisch erzählt – löste bei seinen Mitschülern ein wahres »Höllenspektakel« aus, »dessen Refrain immer der Großvater war, der ein kleiner Jude gewesen und einen großen Bart hatte«: »Kaum hatte ich diese Mitteilung gemacht, als sie von Mund zu Mund flog, in allen Tonarten wiederholt ward, mit Begleitung von nachgeäfften Tierstimmen; die Kleinen sprangen über Tische und Bänke, rissen von den Wänden die Rechentafeln, welche auf den Boden purzelten nebst den Tintenfässern, und dabei wurde gelacht, gemeckert, gegrunzt, gebellt, gekräht«, und obendrein erhielt Heine als Veranlasser des Spektakels vom Klassenlehrer eine gehörige Tracht Prügel.

Anhaltenden Ärger trug dem kleinen Harry Heine sein Vorname ein, denn mit dem Ruf »Haarüh« pflegte der Dreckmichel, der jeden Morgen mit einem Karren durch die Straßen der Stadt zog und den Unrat einsammelte, seinen Esel zu kommandieren. Aufgrund der Ähnlichkeit dieses Wortes mit seinem Namen hatte Harry von Schulkameraden und Nachbarskindern viel auszustehen: »Um mich zu nergeln sprachen sie ihn ganz so aus, wie der Dreckmichel seinen Esel rief, und ward ich darob erbost, so nahmen die Schälke manchmal eine ganz unschuldige Miene an und verlangten, ich sollte sie lehren, wie mein Name und der des Esels ausgesprochen werden müßten, stellten sich aber dabei sehr ungelehrig, meinten, der Michel pflege die erste Silbe immer sehr lang anzuziehen, während er die zweite Silbe immer schnell abschlappen lasse; zu anderen Zeiten geschähe das Gegenteil, wodurch der Ruf wieder ganz meinem eigenen Namen gleichlaute. [...] In der Schule ward das Thema mit raffinierter Grausamkeit ausgebeutet; wenn nur irgend von einem Esel die Rede war, schielte man nach mir, der ich immer errötete, und es ist unglaublich wie Schulknaben überall Anzüglichkeiten hervorzuheben oder zu erfinden wissen. Zum Beispiel der eine frug den anderen: Wie unterscheidet sich das Zebra von dem Esel des Barlaam Sohn Boers? Die Antwort lautete: Der eine spricht Zebräisch und der andre sprach Hebräisch. Dann kam die Frage: Wie unterscheidet sich aber der Esel des Dreckmichels von seinem Namensvetter, und die impertinente Antwort war: den Unterschied wissen wir nicht.«

Heines erster Biograph brachte in Erfahrung, daß der junge Heine »ein ziemlich wilder, ausgelassener Knabe« war, »dessen Verstandeskräfte sich frühzeitig entwickelten und ihm ein überlegenes Ansehn bei seinen Altersgenossen verschafften. Der Vater hatte manchmal seine liebe Not mit dem unbändigen Jungen, welcher bei jedem Possenstreiche, der in der Nachbarschaft verübt wurde, sicher an der Spitze stand, oder doch einen hervorragenden Anteil daran nahm. Die übliche Strafe, das Einsperren in den Hühnerstall, verfehlte bald ihre Wirkung; denn Harry wußte sich in seinem Gefängnis aufs beste zu amüsieren. Mit natürlichster Stimme krähte er wie ein Hahn, und brachte durch sein Kikiriküh alles Geflügel der Nachbarhöfe in Aufruhr. Statt ein gefürchteter Schreckensort zu sein, blieb das Hühnerhäuschen lange Jahre ein Lieblingsspielplatz des Knaben«.

Ungefähr zwischen Herbst 1802 und Herbst 1804 bekam Harry drei Geschwister (ihre Geburtsdaten sind ebenfalls dokumentarisch nicht zu belegen): Charlotte, Gustav und Maximilian. Mit ihnen wurden dann im Hühnerhäuschen und in den großen Warenkisten, die sich im Hof stapelten, jene Jugendspiele aufgeführt, an die das an die Schwester Charlotte gerichtete Gedicht »Mein Kind, wir waren Kinder« erinnert. Zur Haushaltung gehörte auch noch eine Verwandte mit ihrer Tochter, die im selben Alter wie Heine war. Von ihr heißt es im Romanfragment ›Aus den Memoiren des Herren von Schnabelewopski‹: »Wir spielten zusammen im Garten und belauschten die Haushaltung der Ameisen, und haschten Schmetterlinge, und pflanzten Blumen. Sie lachte einst wie toll, als ich meine kleinen Strümpfchen in die Erde pflanzte, in der Meinung, daß ein paar große Hosen für meinen Vater daraus hervorwachsen würden.«

Viel mehr erfahren wir nicht aus Harry Heines Kindheit. Eine gewichtige Rolle läßt er seinen Großonkel Simon van Geldern spielen, der auf seine geistige Bildung »großen Einfluß« ausgeübt und dem er daher »unendlich viel zu verdanken habe«: »So kümmerlich auch seine literärischen Bestrebungen waren, so regten sie doch vielleicht in mir die Lust zu schriftlichen Versuchen.« Und weiter lesen wir über ihn: »Er war ein Sonderling von unscheinbarem, ja sogar närrischem Äußeren. Eine kleine, gehäbige Figur, mit einem bläßlichen strengen Gesichte, dessen Nase zwar griechisch gradlinigt aber gewiß um ein Drittel länger war als die Griechen ihre Nasen zu tragen pflegten. In seiner Jugend, sagte man, sei diese Nase von gewöhnlicher Größe gewesen und nur durch die üble Gewohnheit, daß er sich beständig daran zupfte, soll sie sich so übergebührlich in die Länge gezogen haben – Fragten wir Kinder den

Ohm ob das wahr sei, so verwies er uns solche respektwidrige Rede mit großem Eifer und zupfte sich dann wieder an der Nase. Er ging ganz altfränkisch gekleidet, trug kurze Beinkleider, weißseidne Strümpfe, Schnallenschuhe und nach der alten Mode einen ziemlich langen Zopf, der, wenn das kleine Männchen durch die Straßen trippelte, von einer Schulter zur andern flog, allerlei Kapriolen schnitt und sich über seinen eignen Herrn hinter seinem Rücken zu mokieren schien. Oft, wenn der gute Onkel in Gedanken vertieft saß, überschlich mich das frevle Gelüste heimlich sein Zöpfchen zu ergreifen und daran zu ziehen, als wäre es eine Hausklingel, worüber ebenfalls der Ohm sich sehr erboste indem er jammernd die Hände rang über die junge Brut, die vor nichts mehr Respekt hat, weder durch menschliche noch göttliche Autorität mehr in Schranken zu halten und sich endlich an das Heiligste vergreifen werde.«

Respektlos ist er geblieben: Ein paar Jahre später zupfte Heinrich Heine mit Frechheit und Angriffslust an den alten Zöpfen, die für die augenfälligen sozialen und politischen Gebrechen in seiner Heimat verantwortlich waren und damals wie heute den Reformstau in Politik und Gesellschaft symbolisieren. Dieser »Spott«, erkannte der große italienische Philosoph Benedetto Croce, war die eigentliche »Grundform seines Geistes, die er stets bewahrte«. Doch mit so viel Scharfsinn rückte er den Eliten in Politik, Wirtschaft, Wissenschaft und Kultur auf den Leib, daß selbst seine Widersacher anerkennen mußten, daß sie es mit einem geistreichen Gegner in der Tradition eines Lessing, Wieland, Herder, Goethe oder Schiller zu tun hatten.

Heine wußte selbst, daß seine Freude am Widerspruch auch etwas Bösartiges in sich trug. Doch als kritischer Schriftsteller in vordemokratischen Zeiten war er auf die humoristische und ironische Form angewiesen. Der Witz war seine Waffe, und niemand hat mit diesem leichten Degen so gut zu kämpfen gewußt wie Heinrich Heine aus Düsseldorf.

Nicht zuletzt deshalb gilt er heute als einer der bedeutendsten deutschen Dichter. Seine Werke wurden in alle Kultursprachen und zahlreiche Dialekte übersetzt. Denkmäler, Preise, Stipendien, Straßen und Plätze, Forschungseinrichtungen und Begegnungsstätten in aller Welt sind nach ihm benannt; er ist Namenspatron für Bibliotheken, Gesellschaften und Vereine, Universitäten, Schulen, Buchhandlungen, Antiquariate, Apotheken, Hotels und Hotelsuiten, Kliniken, Kurparks, Flußkreuzfahrtschiffe und Schnellzüge, und seit 1983 trägt sogar ein Kleinplanet seinen Namen: Planetoid Nr. 7109 zieht zwischen Jupiter und Saturn seine Bahn.

Nur ein Kleinplanet?

Jan-Christoph Hauschild

Biographische Notizen

Der Autor:
Heinrich Heine, geboren am 13. Dezember 1797 (Datum unsicher) in Düsseldorf, gestorben am 17. Februar 1856 in Paris. Schulzeit und kaufmännische Ausbildung in Düsseldorf, Frankfurt und Hamburg; anschließend Jurastudium in Bonn, Berlin und Göttingen. 1825 Promotion zum Dr. jur., 1831 Übersiedlung nach Paris. Seit 1841 verheiratet mit Augustine (genannt Mathilde) Mirat. Wichtige Publikationen: *Buch der Lieder* (1827), *Reisebilder* (4 Bde., 1826–1831), *Der Salon* (4 Bde., 1833–1840), *Ludwig Börne. Eine Denkschrift* (1840), *Neue Gedichte, Deutschland. Ein Wintermärchen* (1844), *Atta Troll. Ein Sommernachtstraum* (1847), *Romanzero* (1851), *Vermischte Schriften* (3 Bde., 1854), *Memoiren* (1884, postum).

Der Illustrator:
Reinhard Michl, geboren 1948 in Niederbayern, lebt in München. Er gilt als einer der auch international renommiertesten Kinderbuchillustratoren Deutschlands. Viele seiner Arbeiten wurden ausgezeichnet. Bei dtv erschienen u. a. die Bestseller *Es klopft bei Wanja in der Nacht,* Text: Tilde Michels (7986); *Der Findefuchs*, Text: Irina Korschunow (7570) und 2008 die Werkschau *Bilder Buch Leben* (34508).

Weitere wichtige neuere Werke:
Die kleine Birke, Text Marianne Hofmann, Hanser Verlag 2011; *Mein bayrisches Kochbuch*, Gerstenberg Verlag 2012; *Schnurren und Kratzen – Geschichten von Katzen*, Hanser Verlag 2013.

Der Herausgeber:
Jan-Christoph Hauschild ist 1955 im Winzerdorf Leinsweiler (Rheinland-Pfalz) geboren und Vater von zwei Kindern. Von 1981 bis 1986 war er wissenschaftlicher Redakteur der historisch-kritischen Heinrich-Heine-Ausgabe, 1984 promovierte er über Georg Büchner. Seit 1984 ist er wissenschaftlicher Mitarbeiter am Heinrich-Heine-Institut der Landeshauptstadt Düsseldorf. Als freier Publizist hat er u. a. Biographien über Georg Büchner, Heinrich Heine, Heiner Müller und B. Traven veröffentlicht. Er lebt in Bochum.

Textnachweis

Die Gedichte dieses Bandes wurden der von Manfred Windfuhr herausgegebenen historisch-kritischen Gesamtausgabe der Werke Heinrich Heines (16 Bände, Hamburg: Hoffmann und Campe Verlag 1973–1996) entnommen.

Aus ›Buch der Lieder‹:
Der Wind zieht seine Hosen an
(Die Heimkehr, X)
Ein Fichtenbaum steht einsam
(Lyrisches Intermezzo, XXXIII)
Ich weiß nicht, was soll es bedeuten
(Die Heimkehr, II)
Den König Wiswamitra
(Die Heimkehr, XLV)
Belsatzar
(Junge Leiden, Romanzen, X)
Die heilgen drei Könige aus Morgenland
(Die Heimkehr, XXXVII)
Mir träumt': ich bin der liebe Gott
(Die Heimkehr, LXVI)
Anfangs wollt ich fast verzagen
(Junge Leiden, Lieder, VIII)

Wir haben viel füreinander gefühlt
(Lyrisches Intermezzo, XXVI)
Herz, mein Herz, sei nicht beklommen
(Die Heimkehr, XLVI)
Mein Kind, wir waren Kinder
(Die Heimkehr, XXXVIII)

Aus der Nachlese zu ›Buch der Lieder‹:
Die Lehre
Ich wollte meine Lieder
Daß ich dich liebe, o Möpschen
Augen, die nicht ferne blicken

Aus ›Neue Gedichte‹:
Das Fräulein stand am Meere
(Verschiedene, Seraphine, X)
Kluge Sterne
(Zur Ollea, IX)
Der Schmetterling ist in die Rose verliebt
(Neuer Frühling, VII)
Leise zieht durch mein Gemüt
(Neuer Frühling, VI)
Altes Kaminstück
(Zur Ollea, VI)
Es war ein alter König
(Neuer Frühling, XXIX)
Schöpfungslieder I-II *(Verschiedene)*

Aus der Nachlese zu ›Neue Gedichte‹:
Die Hexe

Aus ›Romanzero‹:
Kleines Volk (Erstes Buch. Historien)

Aus ›Gedichte. 1853 und 1854‹:
Die Launen der Verliebten (XIII)

Aus dem lyrischen Nachlaß (Gedichte 1845–1856):
Der tugendhafte Hund
Duelle
König Langohr I.

Bei den auf S. 6 abgedruckten Versen handelt es sich um eine von Heine entworfene Ergänzungsstrophe für das Zeitgedicht ›An einen ehemaligen Goetheaner‹ aus den *›Neuen Gedichten‹*.

Die Orthographie wurde unter Wahrung des Lautstandes der heutigen Rechtschreibung angenähert. Die Zeichensetzung folgt strikt Heines Interpunktion.

Inhaltsverzeichnis